## BIBLIOTHÈQUE
### DES ÉCOLES ET DES FAMILLES

# UNE VENGEANCE

DE

# JEANNOT LAPIN

PAR

## J. MASSON

PARIS

LIBRAIRIE HACHETTE ET Cⁱᵉ

79, boulevard Saint-Germain, 79

BIBLIOTHÈQUE
DES ÉCOLES ET DES FAMILLES

# UNE VENGEANCE

DE

# JEANNOT LAPIN

OU AIDE-TOI TOI-MÊME

PAR

## J. MASSON

DEUXIÈME ÉDITION

PARIS

LIBRAIRIE HACHETTE ET C<sup>ie</sup>

79, Boulevard Saint-Germain, 79

1888

# UNE VENGEANCE

# DE JEANNOT LAPIN

## OU AIDE-TOI TOI-MÈME

---

## I

### UN DANGEREUX ENNEMI

C'était une vieille forêt, si vaste et si épaisse que les hommes y pénétraient rarement.

Dans cette forêt, sur une côte couverte de bruyères en fleurs, Jeannotte Lapine avait creusé son terrier par les belles nuits d'automne. Trois coulées partant, l'une du pied d'un gros châtaignier, la seconde de la base d'un petit rocher, la troisième

d'une touffe de romarin, aboutissaient à
une chambre ronde dans laquelle Jeannotte s'était installée avec maître Jeannot,
son mari.

Lorsque vint le printemps, notre lapine
mit au monde trois jolis lapereaux, et,
pour que les chéris eussent bien chaud,
elle les coucha dans un lit fait avec le poil
qu'elle arracha elle-même de son ventre.

Les deux époux vivaient contents, et
déjà la mère pensait à l'heureux moment
où elle verrait ses petits folâtrer au clair
de la lune, parmi la bruyère.

Mais ce bonheur ne fut pas de longue
durée.

Un jour, un méchant renard, chassé de
son pays pour tous les méfaits qu'il avait
commis, vint s'établir dans le coin de forêt
qu'habitait Jeannot.

Le coquin n'eut pas de peine à découvrir
le terrier de celui-ci.

Il s'assit à la base du petit rocher et se
dit à lui-même : « Tiens, tiens, j'ai trouvé

mon affaire; en agrandissant cette coulée,
je serai très bien ici..., sans compter qu'au
fond je dénicherai quelques lapereaux

J'AI TROUVÉ MON AFFAIRE.

tendres et gras dont je me régalerai.
Eh! eh!»

Et le scélérat passait, d'un air de gourmandise, sa langue sur son museau pointu.

Le soir même, il se mit à gratter la terre pour élargir le trou.

Jeannot et Jeannotte s'aperçurent bientôt du danger qui les menaçait.

« Ah ! mon Dieu, mon Dieu, dit le lapin à sa femme, nos pauvres enfants sont perdus ! Quel malheur !

— Grand nigaud ! répondit Jeannotte, qui était une personne de tête, est-ce en pleurnichant que tu les sauveras ? Va-t'en vite chez nos amis de la garenne voisine, et demande-leur asile. »

## II

### LES MAUVAIS VOISINS

Jeannot sortit par la coulée du châtaignier sans que le renard le vît, et il se rendit chez l'un de ses camarades d'enfance, qui habitait à cent mètres de là.

« Mon ami, lui dit-il, je viens te demander un grand service. Nous sommes assiégés par un vilain renard, qui veut prendre mon terrier ; je t'en prie, recueille chez toi, pour quelque temps, ma Jeannotte et mes petits.

— Merci bien de l'occasion ! Si vous veniez ici, le renard y viendrait sans doute aussi et mangerait les deux familles. Ce serait un fameux régal pour lui ! Ne compte pas sur moi, mon cher. Va voir mon voisin, qui loge là-bas sous la lambrusque : son terrier est très profond ; vous pourrez vous arranger ensemble. »

Jeannot, pas trop content, comme vous pensez, sortit sans dire adieu et courut chez le voisin de la lambrusque.

Celui-ci n'eut pas plus tôt entendu la proposition de l'infortuné lapin qu'il s'écria :

« Impossible, cher monsieur, impossible ! Avec ma femme et mes cinq petits nous sommes déjà à l'étroit ici. Que serait-ce si vous y veniez aussi !

— Cependant...

— Il n'y a pas de cependant. Je suis vraiment désolé de vous refuser, mais... »

Jeannot n'en écouta pas davantage; il revint chez lui en toute hâte, désespéré et la rage dans le cœur.

Et le renard creusait toujours, et, peu à peu, il se rapprochait des lapereaux.

« Crois-tu qu'ils m'ont refusé, dit Jeannot à sa femme, oui, refusé. Oh! les lâches, les sans-cœur!

— Ne perds pas ton temps à les injurier; cela ne sert à rien, reprit Jeannotte. Va plutôt trouver le lion notre roi, et expose-lui notre malheureuse position; il enverra peut-être quelqu'un à notre secours.

— Est-ce que je sais, moi, où demeure le roi?

— Au milieu de la forêt; d'ailleurs, tu te renseigneras chemin faisant : un grand personnage comme le roi est toujours facile à trouver.

— Mais, pendant mon absence, le
renard mangera nos petits.

— Bah! ne crains rien; je creuserai

JEANNOT ET JEANNOTTE.

notre terrier plus profondément, et il ne
nous atteindra pas de sitôt.

— Alors, je pars dès ce soir. »

## III

### GRAND VOYAGE DANS LA FORÊT

Ce n'était pas une petite entreprise que d'aller parler au roi. Il fallait traverser une bonne moitié de l'immense forêt, échapper aux loups et aux renards, se garder aussi des hardis putois, des martes à la longue queue, des fouines au corps mince, et des belettes au nez pointu.

Dès que la lune parut au ciel, Jeannot, sans attendre l'arrivée du renard, sortit de son terrier et s'enfonça bravement dans les profondeurs de la forêt. Il courut deux heures durant, traversa un bois de sapins et un bois de hêtres, puis rencontra une clairière toute remplie de genêts d'or au beau milieu de laquelle un lièvre faisait sa toilette.

« Bonsoir, ami, lui dit Jeannot; ne pourriez-vous m'indiquer le chemin qui conduit à la cour du roi?

— A la cour du roi? Ma foi! je n'y suis jamais allé, camarade, mais j'en ai ouï parler à mon grand-père, qui avait beaucoup voyagé dans sa jeunesse. Suivez le sentier qui longe ces vieux chênes, et marchez à toute vitesse jusqu'au soleil levant. Vous apercevrez alors une petite mare à votre gauche. Là vous vous arrêterez pour demander de nouveaux renseignements.

— Grand merci!

— Un mot encore : si vous voyez le roi, priez-le donc de manger quelques-uns de ces chasseurs qui tirent sur nous dans les champs.

— Je n'oublierai pas; au revoir! »

Jeannot suivit le sentier; celui-ci gravissait le flanc d'une colline sur laquelle notre voyageur trouva, fort à point pour apaiser sa faim, quantité de thym et de serpolet.

Dès que l'aube parut, Jeannot découvrit, suivant la promesse du lièvre, une mare jaune sur les bords de laquelle coassaient une légion de grenouilles. A l'arrivée du lapin, les braves bêtes plongèrent dans l'eau à qui mieux mieux. Puis elles reparurent à la surface, regardant fixement le trouble-fête avec leurs gros yeux ronds cerclés d'or. Jeannot n'avait pas l'air bien méchant sans doute, car une maman grenouille se hasarda à sortir de l'eau.

« Madame la grenouille, lui demanda alors Jeannot, tout essouflé, le chemin pour aller à la cour du roi, s'il vous plaît?

— Ah! ah! attendez un peu que je me souvienne... Il me semble avoir entendu dire à un merle qui est venu boire ici maintes fois, que, pour y aller, il fallait traverser de grands taillis de sapins, puis une immense prairie; mais, après cela, je ne sais plus. »

Jeannot, bien qu'il fût presque épuisé de fatigue, ne prit pas un instant de repos.

La pensée du péril que couraient sa femme et ses enfants lui donnait de nouvelles

LE CHEMIN POUR ALLER A LA COUR DU ROI.

forces; il bondit en avant et se perdit bientôt dans la masse sombre des sapins.

« Eh! monsieur le lapin, cria la gre-

**

nouille, si vous voyez le roi, recommandez-
lui de nous débarrasser des couleuvres
d’eau qui nous dévorent. »

Mais Jeannot était déjà loin. Il allait
comme le vent, et, bientôt, il déboucha
dans la grande prairie qu’il traversa sans
ralentir son allure, foulant aux pieds les
hautes herbes fines, les campanules bleues,
les digitales rouges, les primevères et les
boutons d’or.

De l’autre côté de la prairie, la forêt,
l’interminable forêt, recommençait.

Arrivé à la lisière, Jeannot s’arrêta et vit
un rossignol perché sur un mélèze.

« Rossignol, mon beau chanteur, fit-il
en soupirant, montrez-moi le chemin qu’il
faut suivre pour arriver à la cour du roi.

— Le roi demeure au milieu du bois que
vous voyez devant vous.

— Enfin ! m’y voici, s’écria Jeannot.
Ah, merci ! bon rossignol.

— Est-ce que vous allez parler au roi ?

— Oui.

— Eh bien ! dites-lui donc en même temps qu'il chasse de cette forêt les émouchets et les chats-huants ; vous me rendrez un vrai service.

— Comptez-y, je n'oublierai certes pas votre commission. »


## IV

### LA COUR DU ROI

Jeannot examina pendant quelques instants le bois qui s'étendait devant lui. Il était composé de chênes plusieurs fois centenaires, de hêtres d'une hauteur prodigieuse, de charmes qui portaient d'énormes nœuds, de bouleaux dont la blancheur tranchait sur le fond noir du bois. Tous ces grands arbres, qui n'avaient jamais été émondés, mêlaient et confondaient leurs branches autour desquelles

s'enlaçaient des lianes de toutes sortes,
tandis que leurs troncs énormes disparais-
saient presque sous d'épaisses broussailles
que la main des hommes n'avait jamais
attaquées.

Sans hésiter, Jeannot s'engagea entre
les épines noires qui couvraient le sol et
marcha pendant un quart d'heure environ.

Soudain, un bruit épouvantable, sembla-
ble au grondement du tonnerre, l'arrêta net.

Tremblant de tous ses membres, l'infortuné voyageur se blottit dans une taupi-
nière, au pied d'un énorme bouleau.

Devant son nez, dans la mousse, un
museau de petite souris, fin et soyeux,
parut.

« Qu'avez-vous donc, mon pauvre lapin,
demanda la gentille rongeuse?

— Ce que j'ai! mais, n'avez-vous pas
entendu?

— Ah, oui! je sais ce que vous voulez
dire, le coup de tonnerre, n'est-ce pas?

— Certainement.

— Eh bien ! c'est le roi qui vient de se
lever, et il salue ainsi, par un rugissement,
les grands de sa cour.

LE ROI.

— Le roi ! oh ! montrez-le moi, je vous
en prie.

***

— C'est facile ; regardez entre ces deux feuilles de lierre. »

Juste en face de lui, Jeannot vit une caverne profonde devant laquelle était assis un lion colossal. Le pauvre lapin ne considéra pas sans frémir jusqu'au bout de ses oreilles, la large face du roi où flamboyaient deux yeux terribles, l'épaisse et rude crinière qui recouvrait son cou, et ses énormes pattes aux griffes longues et acérées. Devant le souverain, se tenaient, couchés en rond, tous les grands de la cour : au premier rang le tigre, l'éléphant, la panthère, le jaguar ; puis venaient l'ours, le léopard, le loup, le sanglier, l'hyène et le chacal.

Sur un signe du roi, toute la cour se leva, et chaque personnage vint, par ordre d'importance, saluer le maître.

# V

## UN BON CONSEIL

« Et dire, murmurait Jeannot pendant ce temps, et dire qu'il faut que j'aille *lui* parler.

— Hein, quoi? demanda la petite souris; vous voulez parler au roi! » Et elle ajouta, en se moquant : « Pourquoi donc faire, bon Dieu? »

Le lapin raconta son malheur.

Lorsqu'il eut fini :

« Mais, mon pauvre ami, reprit la souris de sa petite voix flûtée, qu'est-ce que vous voulez que tout cela fasse au roi?

— Comment, qu'est-ce que je veux que ça lui fasse!... puisqu'il est le roi?

— Sans doute qu'il est le roi, c'est-à-dire le maître de manger qui lui plaît et quand il lui plaît, sans que personne ose

le contrarier. Le reste lui est bien égal ;
le renard peut croquer vos petits, allez,
cela n'empêchera pas notre seigneur le
lion de digérer à son aise.

— Pourtant...

— Supposons un instant qu'il consente
à vous écouter et à vous protéger si vous
arrivez jusqu'à lui ; mais est-ce que cela
est possible ? Dès le premier pas, vous
serez dévoré par le loup ; si vous échappez
au loup, l'ours ne vous manquera pas ;
si l'ours vous manque, assurément vous
périrez sous une autre griffe.

— Et mes petits ! s'écria le malheureux
lapin, je veux pourtant sauver mes petits !
Je périrai, soit, mais j'irai !

— Que tu es bébête, Jeannot, fit la
souris, qui devenait familière. Quand on
t'aura croqué, tes petits en seront-ils
mieux ?

— Non, au contraire !... Mais que faire,
alors, que faire ?

— T'en retourner chez toi sans plus

tarder, et, au lieu de perdre ton temps à
aller demander du secours à tes amis, à tes
voisins ou au roi, essayer de te tirer

LE RETOUR.

d'affaire toi-même : c'est beaucoup plus
sûr.

— Ma foi, tu as peut-être raison, souris.

— Tu commences à le croire : c'est heureux. Allons, regagne donc ton terrier ! »

Jeannot ne se fit pas prier davantage; il bondit comme s'il avait un chien à ses trousses dans la direction de son terrier.

Le long du chemin, il répéta au rossignol, aux grenouilles et au lièvre, qui l'attendaient avec impatience, ce que lui avait dit la petite souris :

« Tâchez de vous tirer d'affaire vous-mêmes; c'est ce qu'il y a de plus sûr. »

## VI

### LE RETOUR AU TERRIER

Après deux jours et une nuit de course folle, Jeannot, mourant de faim et de fatigue, rongé d'inquiétude, rentra dans son terrier par la coulée du romarin.

Il retrouva sa femme et ses petits vivants et en bonne santé.

Je vous laisse à penser s'ils furent tous heureux de se revoir et de se caresser.

Malheureusement, on n'avait guère de temps à donner aux joies de la famille.

« Eh bien, demanda Jeannotte, où en sommes-nous ?

— Juste au point où nous en étions le jour de mon départ.

— Pas possible ?

— Hélas ! si. »

Et Jeannot raconta son voyage, sans omettre sa conversation avec la souris.

« En fin de compte, reprit Jeannotte, tu ne nous rapportes qu'un conseil ; il est vrai qu'il me paraît bon, et nous allons tâcher d'en profiter.

— C'est bientôt dit, cela ; mais, comment ?

— Écoute ; tu vois que je n'ai pas perdu mon temps pendant ton absence : j'ai creusé notre terrier les journées entières,

et le renard n'est pas près de nous
atteindre. Pourtant, en sortant pour
prendre un peu de nourriture, j'ai exa-
miné la coulée dans laquelle il s'est intro-
duit, et j'ai remarqué que le rocher penche
beaucoup sur l'entrée.

— Eh bien?

— Eh bien, il suffirait d'enlever un peu
de terre sous le rocher pour le faire ébou-
ler, et alors l'entrée serait bouchée.

— Mais nous serions écrasés!

— Point du tout.

— Je ne comprends pas bien.

— C'est pourtant simple. Le renard ne
vient que la nuit; pendant toute la journée,
nous pouvons creuser la terre sous le
rocher, jusqu'à ce que celui-ci ne soit plus
guère solide, ce dont nous nous assurerons
en dansant légèrement dessus. Nous ren-
trons ensuite chez nous; puis, lorsque le
renard reviendra, nous sortirons à la sour-
dine par une autre coulée, nous sauterons
de toutes nos forces sur le rocher, qui

tombera, et notre maître coquin sera pris. Qu’en dis-tu?

— Je dis, ma chérie, que tu vaux ton pesant d’or et que nous nous mettrons à l’œuvre dès qu’il fera jour ».

# VII

## LE CHATIMENT DU MÉCHANT

Jeannot et Jeannotte se mirent si bien à l’œuvre et travaillèrent avec tant d’entrain qu’à la nuit tombante, lorsque l’assiégeant revint, le rocher frémissait sur sa base à la moindre secousse.

Le renard, sans défiance, s’engagea dans la coulée pour reprendre sa besogne.

C’était là que Jeannot l’attendait. Il sort avec la lapine, l’un et l’autre bondissent sur le rocher et exécutent trois ou quatre belles cabrioles; la lourde pierre s’incline, s'incline de plus en plus vers l'ouverture. Cependant le renard, ayant entendu un léger bruit, sort en toute hâte; mais, juste au moment où il allait s'enfuir, le rocher tombe sur sa queue, sur sa belle queue empanachée.

Il ne put retenir un glapissement de douleur.

« Ah ! ah ! lui cria Jeannot en rentrant dans son terrier, misérable, scélérat, voleur, te voilà pris cette fois ! hein, qu'en dis-tu, ce n'est pas mal imaginé ?

» Maintenant, sauve-toi de là toi-même ! comme disait la petite souris. »

Mais le rocher était bien lourd. Le renard avait beau tirer de tous les côtés; il ne pouvait dégager sa pauvre queue. Enfin, le prisonnier fit un effort suprême et réussit à s'enfuir, mais il laissa une partie de sa queue, que le rocher ne voulut pas lâcher.

Or, comme il n'y a pas au monde de

plus grande honte pour un renard que de
perdre sa queue, celui-ci quitta la forêt et

IL NE PUT RETENIR UN GLAPISSEMENT DE DOULEUR.

même le pays, où on ne le revit jamais
plus.

Et Jeannot et Jeannotte et les petits Jeannottins vécurent heureux.

Et, lorsque vint l'automne, ils prirent tous ensemble leurs ébats, au clair de la lune, parmi les bruyères en fleur.

# TROTTINETTE

Dans le grenier d'une jolie maison, habitait un ménage de souris. La femelle s'appelait Croquette et son mari Farinot. Croquette était charmante, et Farinot l'aimait beaucoup. Les deux époux vivaient très heureux en grignotant sans remords les comestibles des maîtres de la maison. Un jour, Farinot s'aperçut — ce qui augmenta encore son bonheur — que sa petite femme faisait un nid dans le trou du mur où ils avaient établi leur résidence, un amour de petit nid, qu'elle tapissait soigneusement avec ses poils, afin qu'il fût chaud et moelleux.

Bientôt arriva le moment où le nid devait se peupler. Un beau matin, quatre petites

souris roses et mignonnes, dormant paisi-
blement, s'y trouvèrent blotties. Le père et
la mère les contemplaient avec bonheur.

« Foi de Farinot, disait le mâle, je n'ai
jamais vu de si beaux enfants.

— Ni moi non plus, » répondait Croquette.

Hélas ! leur contentement ne devait pas
être de longue durée. Je ne sais quelle
vilaine maladie fit mourir trois des petites
souris : une seule échappa à l'épidémie.
Ses parents la comblèrent de soins et lui
prodiguèrent mille caresses ; ils avaient si
peur de la perdre aussi ! Mais la gaillarde
n'avait nulle envie de mourir, et, au bout de
quelque temps, elle devint presque aussi
grande et aussi grosse que sa mère. Dès que
Farinot vit sa fille hors de danger : « Il faut
lui donner un nom, dit-il à sa femme ; je
trouve que Farinette lui conviendrait par-
faitement. Qu'en dis-tu, ma mie ?

— Moi, j'aimerais mieux qu'elle s'appelât
Trottinette, car je crois qu'elle courra bien.

— Allons pour Trottinette, alors ! »

Une après-midi, Farinot et Croquette
étaient partis bien tranquilles, croyant que
Trottinette dormait. Mais point. Aussitôt
qu'elle se vit seule, la petite fit le tour du

CROQUETTE ET FARINOT.

nid; puis, elle s'avança doucement jusqu'au bord du trou. « Tiens, tiens, mais
je ne suis plus une gamine, pensa-t-elle;
je suis forte maintenant; si je visitais ce
grenier. » Et, joignant l'action à la pensée,

elle partit en trottinant, et s'en alla fureter
dans tous les coins et recoins de son nou-
veau domaine. Enfin, se sentant fatiguée,
elle se décida à rentrer au logis, où elle
trouva sa mère tout en larmes, et son père
qui cherchait à la consoler. Elle fut
grondée, assez doucement toutefois, car
on la gâtait beaucoup. « Petite vilaine,
si tu t'avises de sortir ainsi, il t'arrivera
malheur. — Mais, maman, je ne peux pas
toujours rester ici, et puis cela me fait du
bien de courir un peu. — Elle a raison, la
petite, appuya Farinot, l'exercice lui déve-
loppera les membres. — Et les chats ! les
chats ! s'écria Croquette avec terreur ; vous
n'y pensez pas, malheureux ! — Je me
moque des chats, et je n'en ai pas peur,
répliqua crânement Trottinette. — Quelle
gaillarde, hein ! ajouta le père, en clignant
de l'œil, d'un air satisfait ; c'est une vraie
Farinot ! »

Trottinette, forte de l'approbation pater-
nelle, faisait à chaque instant sa prome-

nade dans le grenier. Mais, un soir, elle se
dit en se grattant l'oreille : « Que je suis
niaise ! Ce grenier est grand, sans doute,
mais on y voit toujours la même chose, et
puis, à bien regarder, il est vraiment
sombre ; si j'essayais d'en sortir un peu,
ce serait drôle ! » Et Trottinette, qui pre-
nait vite ses résolutions, se glissa doucement sous la porte et se trouva dans un
long corridor au bout duquel il y avait un
bec de gaz allumé. « Ah ! ah ! on voit clair
ici, murmura-t-elle. A la bonne heure ! »

Puis, après une pause, elle reprit : « On
y voit clair, c'est vrai ; mais je n'aperçois
que des murs. Si j'allais plus loin, je ne
serais pas perdue, après tout. »

A ce moment, on entendit un grand
bruit ; car il y avait fête chez les maîtres de
la maison. C'était la musique qui donnait
le signal du bal. Trottinette s'arrêta subi-
tement, effrayée ; puis, pour s'encourager,
elle répéta plusieurs fois : « Je n'ai pas peur,
je n'ai pas peur ! » Poussée par la curiosité,

l'imprudente reprit sa marche et descendit ainsi deux étages ; alors, elle vit une large porte ouverte par laquelle sortait une grande clarté. La musique avait cessé de jouer et on n'entendait plus que le va-et-vient des domestiques qui portaient aux invités des plateaux chargés de pâtisseries et de sirops. « Comme ça doit être beau là-dedans ! songea Trottinette ; il faut que j'y entre, il le faut ; je marcherai bien doucement et personne ne me verra. »

Elle fit deux ou trois sauts, et psit ! la voilà cachée sous un canapé qui se trouvait à l'entrée du salon. Là, Trottinette se sentit rassurée. Si vous aviez vu comme elle ouvrait les yeux ; la pauvre petite était émerveillée : les lustres, les bougies, les fleurs, les robes blanches, les diamants l'éblouissaient.

La musique se remit à jouer une valse, et les dames aux robes de gaze tournaient gracieusement. Trottinette était heureuse ; cela l'amusait infiniment de voir ainsi tout

le monde remuer. Elle avait oublié complè-
tement que ses parents devaient l'attendre
avec impatience. Mais ce que Trottinette
n'avait pas vu, c'était un gros chat blanc
qui dormait depuis le commencement de la
soirée sur un fauteuil de velours rouge, sans
s'inquiéter de la musique ni des danseurs.
Au moment ou la valse allait finir, il
s'éveilla, s'étira longuement, sauta à terre,
mit sa queue en panache, son dos en voûte
et passa sous le canapé. Notre petite souris
éprouva une telle épouvante, en voyant cette
grosse bête, qu'elle faillit se trouver mal.
Minet ne lui donna pas le temps de se
remettre. Il avait senti la pauvrette et ses
yeux brillaient comme deux tisons. Le
cruel s'élança sur elle, et la saisit entre
ses griffes pointues. « Mon Dieu! dit la
souris, ce doit être un chat. » Puis elle
gémit tout bas : « Papa, maman, j'ai peur,
j'ai... » Mais elle ne peut achever sa phrase ;
car, d'un coup de gueule, Minet lui broya
la tête.

Pauvre Trottinette! elle a vu les lumières, les fleurs, les robes blanches; mais cela lui a coûté bien cher, et dans le grenier, auprès du nid vide, le père et la mère crient, se désolent, appellent leur enfant. — Taisez-vous, pauvres parents : Trottinette ne reviendra plus!

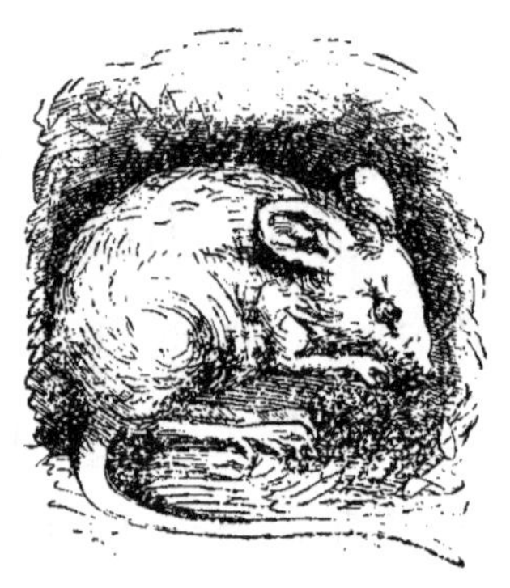

Imprimeries réunies, B, rue Mignon, 2.

# BIOGRAPHIES D'HOMMES ILLUSTRES

CHAQUE VOL. : Broché............... 15 c.
— Couverture en couleurs.  25 c.

| | |
|---|---|
| Alexandre le Grand | La Pérouse. |
| Ampère. | Lavoisier. |
| Arago. | Livingstone. |
| Beethoven. | Louvois. |
| Buffon. | Magellan. |
| Cavour. | Mahomet. |
| César (Jules). | Michel-Ange. |
| Charles XII. | Mirabeau. |
| Christophe Colomb. | Montyon. |
| Cook. | Mozart. |
| Cuvier. | Napoléon I<sup>er</sup>. |
| Dante. | Necker. |
| Daubenton. | Oberlin. |
| De l'Orme (Philib.). | Palissy (Bernard). |
| Desaix. | Papin. |
| Franklin. | Philippe de Girard. |
| Galilée. | Puget (Pierre). |
| Gama (Vasco de). | Serres (Olivier de). |
| Goethe. | Solon. |
| Goujon (Jean). | Stephenson. |
| Gutenberg. | Washington. |
| Kléber. | Watt. |
| La Fontaine. | |